हाल-बेहाल

कविताएँ

वाणी प्रकाशन
21-ए, दरियागंज, नयी दिल्ली-110002
फोन : 23273167, 23275710 • फैक्स : 23275710
e-mail : vani_prakasan@yahoo.com
: vani_prakasan@mantraonline.com

हाल-बेहाल

भारत यायावर

ISBN : 978-81-8143-168-4

वाणी प्रकाशन
21-ए, दरियागंज, नई दिल्ली-110002
द्वारा प्रकाशित

संस्करण : 2004

मूल्य : 100

लेज़र : शुभ-दीप लेजन प्रिंटस
मेहरा ऑफसेट प्रेस, नयी दिल्ली-110002
में मुद्रित

Haal-Behaal
Bharat Yayabar

सन्ध्या के लिए

मेरी हथेली नहीं फैली
मेरी आँखों ने कुछ नहीं माँगा
मेरे जीवन में कुछ अभाव था
तूने महसूस किया
भर दिया मुझमें
इतना कुछ
वह प्रेम ही था
या और कुछ...

—भारत यायावर

क्रम

रचना-प्रक्रिया

मन के सिरहाने
सजा कर रखी हैं कितनी किताबें!
कमरे में एक पतली मोमबत्ती
पीले प्रकाश में
पिघल रही है
धीरे-धीरे
मेरे चेहरे पर
रोशनी की तिरछी लकीरें
मेरी आँखें जल रही हैं
तीव्र आवेग में

इसी समय
प्रवेश करती है–
एक काली छाया
खुले हुए बाल
धरती में लोट-पोट
उसका चेहरा नहीं दीखता
मैं उठ कर बैठ जाता हूँ
आँखों पर जोर देकर देखता हूँ
कौन है वह?
मुझे जीवनानंद दास की एक कविता
याद आती है और
मन के सिरहाने रखी
पुस्तकों के पन्ने खुल कर
फड़फड़ाने लगते हैं

एक गहरी खामोशी है
बाहर और भीतर
एक भी शब्द
कहीं झंकृत नहीं होता।
एक भी ध्वनि
कहीं नहीं होती
सिर्फ एक गहरी खामोशी है
बाहर और भीतर
कौन है वह?—
कोई भीतर से चीख कर पूछता है
पर होंठ
सिर्फ हिल कर रह जाते हैं
और ऐसे में
बुझ जाती है मोमबत्ती
लुप्त हो जाता है
जीर्ण पीला प्रकाश

उठता हूँ और
बाहर की ओर चलता हूँ
एक धुँधली वीरानगी से
लिपटे खड़े हैं पेड़
रास्ते जाने-पहचाने हैं
फिर भी अजनबी!
किसके घर जाऊँ?
किसे जगाऊँ?
इस मध्य रात्रि में
छटपटाती हुई आत्मा लिये!
कौन मेरी व्याकुलता भरी पुकार पर
दौड़ा आएगा?

अजीब-सी कश्म-कश
अजीब-सी रात
अजीबो-गरीब है यह मनोदशा
और यह दुनिया

एक स्वप्न-सा लगता है
यह चलना-फिरना
अपने-आप पर रोना
और हँसना
सभी कर्म-कुकर्म करना
फिर रात भर इस तरह
खुद का धीरे-धीरे खुलना
अपने को इतनी भिन्न
आकृतियों में पाना
आश्चर्य!

मैं लौट आता हूँ कमरे में
पड़ जाता हूँ फिर बिस्तर पर
अँधेरे में अब साफ-साफ
पहचान पा रहा हूँ
अपनी ही आकृति
जो जितनी ही जानी-पहचानी है
उतनी ही अजनबी
उस अजनबी से
आत्मीय होने के लिए
कविताएँ लिखता हूँ
लिखता ही रहता हूँ

(1990)

कितनी सड़कों पर कितने लोग

अब क्या होगा?
बहुत थोड़ी जमा-पूँजी थी
और वह भी चुक गई थी
खाली पेट मैं घर से निकलता
और बिना कुछ पाए लौट आता
अब क्या होगा?
किस तरह कटेगी अपनी?
लगातार आँखों के सामने
कौंधते अँधेरे में
कौंधता यह प्रश्न!

भूख भयानक दुधारी तलवार है
जो घुँपी हुई थी मेरे पेट में
हाथ हवा में नहीं उठते
पेट की ओर मुड़ते
आक्रोश जो अभाव का तेज था
चुक गया था
सिर्फ एक प्रश्न रह-रह कर उठता
अब क्या होगा?

ऐसे दुर्दिन में पूरा घर एक था
बिखराव की एक भी सिकुड़न नहीं थी
सिर्फ गाड़ी रुकी हुई थी

और भीषण उमस में सबका शरीर भींग रहा था
अब यह घर की गाड़ी कैसे चले?
गाड़ी चले तो थोड़ी हवा लगे
कैसे आए घर में दाना?

ये कोई अकाल के दिन नहीं थे
देश में हरित-क्रांति हो चुकी थी
हम पूँजीवादी दौर में
दो कदम चल चुके थे
शहरों का मायानगरी में
परिवर्तन हो चुका था
मैं दफ्तरों में भटकता थक चुका था
मेरी डिग्रियाँ जेब में मुड़ी-तुड़ी फट चुकी थीं
भूख, गरीबी और तंगहाली में
कविताओं का भरोसा था
वे इतनी सीधी-सपाट और नीरस थीं
कि हर जगह से अस्वीकृत थीं
कहीं कोई सहारा नहीं था
एक बनते हुए मकान में
कुछ दिन मजदूरी कर
जो जमा-पूँजी बनाई थी
वह भी देखते ही देखते चुक गई थी
कहीं कोई काम नहीं था और लाचार था
भूख ने मेरे इतने टुकड़े कर दिए थे
फिर भी जीने की इच्छा मरी नहीं थी
और यह प्रश्न—अब क्या होगा?

हे रोटी!
तुम्हारी ही तलाश में भटकता था
और भटकता था
और एक दिन
कितनी ही अनजान सड़कों से गुजरता हुआ

अनजान चौराहों पर ठिठकता हुआ
खोज रहा था तुम्हारा ठिकाना
तुम मेरी आँखों में थे
मेरी धमनियों में बज रहा था
तुम्हारा ही संगीत
मेरे कदमों की थकान में थी तुम्हारी आरजू

दिन भर ऐसा ही रहा
और थका-हारा लौट रहा था घर
पर अपने घर का रास्ता भी भूल गया था
रात घिर रही थी
और सड़कों के किनारे के लैंपपोस्ट हँस रहे थे मुझ पर
मैं भी हँस रहा था मन-ही-मन स्वयं पर
फिर भी चल रहा था
और हो गई थी मध्य रात्रि
सड़कें सून-सान
एक विचित्र साँय-साँय
हो रहा था मुझमें
रोशनी थी सड़कों पर
और अँधेरे में डूबा था मैं
कभी-कभार रफ्तार में गाड़ी गुजरती
तो चौंक पड़ता था
और तेज चलता था
बिना वजह हत्यारों की टोली यदि मिल जाती
और सड़क पर मेरी रक्तरंजित देह होती
तो क्या होता?
कुछ नहीं होता
ट्रैफिक पुलिस चोर समझ थाने में बंद कर देती
तो क्या होता?
कुछ नहीं होता
पर ऐसा कुछ भी नहीं हुआ

मुझसे भी बदनसीब
जमाने की मार खाई
एक गली से प्रकट हुई
देह का व्यापार करने वाली एक खूबसूरत लड़की
बालों में जूड़ा लगाए हुए
खुशबू बिखेरती हुई
उसे देख मूक खड़ा रहा
वह पास आई
क्या कुछ कहा
कुछ भी सुन नहीं पाया
न मैं उसकी कुछ सुन ही सकता था
न उसे कुछ दे ही सकता था
यहाँ तक कि प्यार भी नहीं
अचानक मुझमें एक उम्मीद जगी
और पूछ बैठा उससे
अपने घर का रास्ता
पर वह किस तरह बताती
वह खुद भूल गई थी
अपने घर का रास्ता
फिर मैंने उससे पूछा
वह किसकी तलाश में मध्य रात्रि में निकली है
उसने तुम्हारा नाम बताया
पर सही-सही पता
उसके पास भी नहीं था तुम्हारा
और वह भी भटक कर भूल चुकी थी
अपने घर का रास्ता

इस पूँजी-तंत्र में
दो ही नहीं थे
कितनी सड़कों पर
कितने ही लोग
भूले गए थे

भटकते हुए
अपने घर का रास्ता
खाली जेब
और सूखी अंतड़ियों में
तुम्हारा ही स्वप्न लिये!

(पाठकों!
ऐसे हाहाकार भरे जीवन से
मैंने अपनी शुरुआत की
और आज जो हूँ
जिंदा या मुर्दा
आपके सामने हूँ)

(1991)

ऐसा कुछ भी तय नहीं था

न तूफान का आना तय था
न पेड़ का गिरना
न मेरे मिट्टी के मकान का
पूरी तरह धँस जाना

न यह तय था
कि उस मकान को छोड़कर
हम बाहर आएँगे
और उसे इस तरह भूल जाएँगे

भूले जाएँगे
कि जेठ की दोपहरी में
उसकी धरन में
रस्सी बाँधकर
झूला झूलने वाले हम
मिट्टी के मलबे से
उस धरन को निकालकर
बेच देंगे
तय कुछ भी नहीं था
फिर भी हमने बचपन के जर्जर उस मकान को
छोड़ दिया
उस मकान की दीवारों में
रह रहे चूहों ने भी उसे छोड़ दिया
रोज आँगन में
न जाने कहाँ-कहाँ से

आ जाने वाले कौओं ने भी आना छोड़ दिया
छप्पर में घोंसला बना कर रहने वाली
गौरैय्यों का भी कहीं अता-पता नहीं
आसपास मँडराने वाले
जूठन पर पलने वाले
कुत्तों को भी अब वहाँ कोई नहीं देखता

मकान
जो पहले हमारा घर था
अब बचपन का सिर्फ एक बूढ़ा मकान था
धूप-बताश-बारिश में अकेला रह गया
पिछवाड़े में खड़ा वह आम का पेड़
जिसे हमारे दादा ने लगाया था
वही साथी रहा अकेला

गर्मियों की एक रात
आँधी-तूफान
पेड़ और मकान
दोनों धराशायी हो गए
दोनों ने अपनी
बरसों की मित्रता निभाई
पर निभा न पाए हम
जबकि
ऐसा
कुछ भी तय नहीं था!

(1991)

आदमी की आवाज़

झरता रहा आसमान
झहर-झहर
रात भर
पछुवा हवा चलती रही
चू रहे छत के नीचे
एक बाल्टी
टप-टप
होता रहा रात भर
सुबह
दरवाजा खोलते ही
एक काली बिल्ली
पानी से लथ-पथ
सिकुड़ी हुई
किकुड़ी हुई
अधमरी-सी
घुस आई अंदर
रोओं को झटकाकर
खड़ी हो गई निडर
एक हल्की गुर्राहट!

मैंने कुछ नहीं किया
न कुछ कहा
बस देखता रहा उसे
इतने में जगा
मेरा छोटा बेटा

रोते-रोते
बिल्ली को देख
पहले डरा
फिर चुप देखता रहा
फिर खुश हो गया

बाहर खुल रहा था आसमान
अंदर की
खुल रही थी दुनिया
आग सबके घर में थी
फिर भी लोग काँप रहे थे
ठण्ड थी हवा में
पर ऐसी नहीं
फिर लोग बाहर न निकलें

बाहर
कर्फ्यू लगा था
कितने दिनों से
दुकानें बंद थीं
बाजार में सब चीजें थीं
भरपूर
पर सब घर खाली थे
आग थी
पर चूल्हे उदास थे

दंगाइयों का जितना ख़तरा था
उससे ज्यादा कर्फ्यू का था
जिसने हवा में
दहशत घोला था
शहर के लोगों में
प्यार था
पर नफरत का
कर्फ्यू लगा था
लोग जितने डरे थे

उससे भी अधिक
भूख से बेहाल थे
उससे अधिक
बंदिश से परेशान थे
उससे भी अधिक
उनकी आत्मा में
घुन लग रहा था

बिल्ली
तंदुरुस्त होकर
खिड़की से बाहर छलाँग लगा चुकी थी
बाहर
रोज की भाँति
चिड़ियों की चहक वैसी ही थी
नहीं थी तो
सिर्फ आदमी की आवाज
जिसे छीन लेने की कोशिश
सबसे ज्यादा
सबसे ज्यादा हो रही थी

(1991)

धन-रोपनी

एक ग्राम-उत्सव हो रहा है
हो रही है धन-रोपनी
धान के छोटे-छोटे पौधे
गीली मिट्टी में धँसते ही
हँसते हैं
हवा के हल्के झोंके पर झूमते हैं
पंक-तिलक का महान् आयोजन!
गाँव हँस-खिलखिला रहा है
मजदूरिन औरतों के बच्चे
कीचड़ से सनी पूरी देह
खेतों में पकड़ते हैं
मछली और केंकड़े
सूर्य बादलों की ओट से
अजब झाँकता है
जीवन की सूखी बंजर-भूमि
उर्वरा हो रही है
खेतों से गीतों की
आती है स्वर-लहरी
मन उसमें ऊब-डूब करता रहता है

खेतों में धान रोप रही हैं धन-रोपनी
बाँध रही हैं सुर—
"पिया भेलय डूमरी के फूल
कैसे रहब गोय!"
हे गोय ! हे सखि!

पिया डूमर का फूल हो गया है
और डूमर एक ऐसा पेड़
जिसका फूल किसी ने नहीं देखा
पिया जब से घर-बार छोड़ कर गया है
फिर कभी दिखाई नहीं दिया
हे गोय! कैसे रहूँगी मैं?
उसने कभी मेरे दुख-तकलीफ की खबर नहीं ली
क्यों भूल गया वह?
कैसे भूल गया वह?

धन-रोपनी रोप रही हैं धान
और विरहाकुल कंठ से
छटपटाती करुण आवाज–
"लिखबै पुरैन पता
माँगबै आपन खता
हाय रे!
पिया भेलई डूमरी के फूल
कैसे रहब गोय!"

उसे कमल के पत्ते पर पत्र लिखूँगी
और अपनी खता–अपनी गलती
की क्षमा माँगूँगी
हाय रे! पिया डूमर का फूल हो गया
धन-रोपनी के हृदय की टीस
उभर रही है
कीचड़ से उसकी काया लथपथ है

शाम को दो सेर धान मिलेगा
उसे कूटेगी
रात को पोठी मछली के झोर के साथ
खाएगी भात धन-रोपनी
देर रात तक ढिबरी धुआँ देती रहेगी
पिया के बिछोह में देर रात तक
अँधेरे को ताकती रहेगी धन-रोपनी

(1988)

माँ

भीतर टटोलता हूँ
मिलता है एक शब्द – माँ!
जिससे दूर हूँ
माँ रोज प्रतीक्षा करती होगी
चिट्ठी भी नहीं लिख पाता
सोचता हूँ – कल ही चल दूँगा गाँव
बिना कुछ लिये-दिये
किसी से कुछ नहीं कहूँगा
सुबह उठूँगा और बासी मुँह
बस पकड़ कर चला जाऊँगा गाँव
वहाँ माँ तो है
मेरा बचपन तो है
और हैं मेरी चुहलबाजियाँ
यहाँ महानता का नकाब चेहरे पर डाले
दम घुटता रहता है
एक दुख काँटे की तरह
भीतर-ही-भीतर करकता रहता है
लिखने के लिए जब भी टटोलता हूँ भीतर
सिर्फ एक शब्द मिलता है – माँ
जिससे दूर हूँ

बचपन से माँ अपनी आहुति देती रही
होम करती रही अपना जीवन
और हम भाई-बहन बड़े हुए
बड़े हुए और दूर हुए
इतनी दूर कि भीतर माँ
सिर्फ एक शब्द के रूप में बची रही

(1990)

हाल-बेहाल

बीवी गाँव में है बीमार
यहाँ हूँ मैं बीमार
भूखा हूँ
टानूँ कैसे रिक्सा?
टानूँ नहीं रिक्सा
तो कैसे भूख मिटाऊँ
कैसे भेजूँ पइसा
बीवी गाँव में है बीमार अइसा
हाय-हाय ये जीवन भी कइसा!

बालू हूँ नदी किनारे का
धूप में तपता
बरफ हूँ
हर समय गलता
भइया! इस जीवन को
ढोल की तरह बजाऊँ
आपको कैसा गीत सुनाऊँ?
यहाँ यह हाल है
देखता हूँ
सब कुछ बेहाल है

भइया! नीचे से ऊपर
ऊपर से नीचे
कोई लगता है भींचे
निचोड़ रहा है
झिंझोड़ रहा है
तोड़ रहा है
फोड़ रहा है
और उधर
गाँव में बीवी बीमार!

(1986)

बादल भाई!

बादल भाई
तुम आए और दस दिनों तक जमे रहे
झर-झर झरते रहे
इतनी पीड़ा और इतने आँसू
कि भींग गई झोपड़ी की पूरी जमीन
भींग गए टाट और बोरे
चूल्हे की आग भी बुझ गई
भूख ने
पेट के चूहों को भयानक बना दिया
कहाँ जाता?
कहाँ खाता?
बादल भाई
गरजो-मलको-बरसो
पर हम गरीबों पर दया भी करो
देखो
गली का कीचड़ बह कर
सीधे दरवाजे के भीतर घुसा आ रहा है
पूरे घर में रेंग रहे हैं केंचुए
उछल रहे हैं मेंढक
हम घर के लोग भी
केंचुए और मेंढक हो गए हैं

(1990)

अर्द्ध-निद्रित समाज के प्रति

तुम अपने ही अँधेरे में दुबके थे
सन्नाटा था और सन्नाटे का जादू
सम्मोहित किए था भरपूर
बाहर चाँदनी रात थी
या सूरज की चिलचिलाती हुई धूप
तुम्हें नहीं पता था
तुम थे और तुम्हें नहीं पता था
तुम हो या नहीं
बाहर से कोई चिल्लाकर पुकारता था
उसकी आवाज आती थी तुम्हारे पास
सुन नहीं पाते थे कुछ
अपने अँधेरे में थे और खुश थे
किसकी विरासत सँभाले बैठे थे तुम?
किसकी सँजोयी पूँजी का रस पीकर जी रहे थे?
कि तुम्हें न किसी की पुकार सुनाई पड़ती
न आर्तनाद!
एक आदिम अँधेरा
जहाँ आनंद की मीठी लहरें रोमांचित करतीं
देह के तमाम तंतुओं में उन्माद जगता रहता
तुम वहाँ थे और वहीं थे—
कौन उत्प्रेरित करता?
कौन जगाता?
न बुद्ध थे, न कबीर
न विवेकानंद, न गांधी
न कविता, न विवेक

न कर्म, न ज्ञान
न अतीत, न भविष्य
न ऊहापोह, न बेचैनी
न तड़प, न उष्मा
न रोशनी, न रास्ता
न संघर्ष, न प्यार
एक खामोशी भरा अँधेरा अपना ही
जिसमें दुबके जी रहे थे सदियों से

उधर सभ्यता का यान अंतरिक्ष में जा रहा था
पहाड़ तोड़े जा रहे थे
और बन रहे थे राजमार्ग, बहुमंजिले भवन
धरती में गड़े खनिजों का निरंतर दोहन हो रहा था
निरंतर बड़े-बड़े उद्योग स्थापित हो रहे थे
वातावरण धुआँ-धुआँ हो रहा था
लोग लोगों की लाशों पर पाँव धर ऊपर उठ रहे थे
अपराधियों के हाथ लंबे हो रहे थे
घोटालों का बाजार गर्म था
वकीलों की जेबें भर रही थीं
जासूसों की लानत थी
वे जासूसी कथाओं में सिर्फ जिंदा थे
सरकारें तरह-तरह के आयोग बिठा कर खुश थीं
नेताओं के चेहरे दूरदर्शनी हो रहे थे
अखबार खबर ले रहे थे सबकी,
सबको खबर दे रहे थे
तुम बेखबर थे
बेखबर की नींद सोते और बेखबर ही जागते
बेखबर ही जीते
बीत गई थी कितनी ही शताब्दियाँ
तुम जो थे वही रहे
न आत्मा, न परमात्मा, न प्रेतात्मा
तुम्हारा कोई प्रतीक भी नहीं था

न कोई काव्यात्मक बिम्ब
न कोई तड़पती हुई उपमा
न कोई संकेत
न कोई अलंकार
इसीलिए किसी कवि ने नहीं लिखी
अब तक तुम पर कोई सच्ची कविता
वे लिखने भी बैठे तो तुम्हारे जीवन पर
धन्य-धन्य करते रह गए
या आह-आह
और यह जो मैं कह गया हूँ
न धन्य-धन्य है, न आह-आह
न कविता, न कहानी
न खीझ, न गुस्सा
एक युग-विश्लेषण
जिसका भाव जगता है
जगता ही रहता है

(1994)

नींद जागी रात

नींद जागी रात
भोर में सोता रहा
फिर दोपहर में जाग कर
चलता रहा
इस तरह अपना हुआ जीवन!

इस तरह अपना हुआ जीवन
थका देने वाली
लंबी सड़क के पार
जाना न हुआ
रुकना न हुआ
किसी छायादार वृक्ष के नीचे
चिलचिलाती धूप में
चिपचिपाती पसीने की गंध
भरी देह
लेकर लौट आता रोज
इस तरह अपना हुआ जीवन!
फिर यह क्या हुआ?
फिर यह क्या हुआ?
न घर का कोई दीपक हुआ
न बाहर का कोई रास्ता हुआ
सोचता हूँ रोज
नींद जागी रात में

भयावह है अपनी ही आकृति
अपनी ही आकृति से डरता हुआ
खौफ़ खोता
सो नहीं पाता
न जग कर
डूब पाता
कला की बारीक दुनिया में
न स्नेह की अबूझ आँखों में
न जूझ पाता
अनवरत चलती लड़ाई में
इस तरह अपना हुआ जीवन!
जिसके पार जाने की कोशिश
करता हूँ, करता हूँ—
करता ही रहता हूँ

(1990)

विभ्रम

हमने अनदेखा किया
जल रही थी लौ
फिर भी अँधेरे में ताक रहे थे
बढ़ रही थी आकृति
फिर भी बौने लग रहे थे
कुछ ऐसा था माहौल में
हम अनदेखा किए जा रहे थे

सुनते थे साफ-साफ
गुनते नहीं थे
चलते थे
कहीं पहुँचते नहीं थे
रुकते तो लगता
अब भी चल रहे हैं
ऐसा था क्यों?
अनदेखा किए जा रहे थे

सुबह की कनकनी हवा में
लगता शाम हो रही हो
सोने के वक्त
मित्रों से बातें करने की लालसा जगकर
जगाने लगती
उठकर जाता कहीं

लौटकर सो जाने का जी करता

अजीब-सी उधेड़बुन
जो था, लगता नहीं है
जो नहीं था, अपने पास लगता
प्यार की प्यास जगती
नफरत का तूफान बढ़ आता
हमने इन सबको अनदेखा किया
और एक विभ्रम में जीते रहे

(1994)

जाड़े की रात में वह आदमी

वह जाड़े की रात थी
रात की सिमटी हुई खामोशी में
एक मौन हलचल थी
बुझे हुए अलाव की राख पर
कुत्तों को सोता हुआ देख
वह खड़ा रहा
यह सोचता कि राम जाने कैसे
ठंड काट देते हैं कुत्ते
इस तरह किकुड़ते हुए!

रात के
रौशन दिमाग में
एक घर है, एक लिहाफ
और थोड़ी-सी उष्मा
उसके पास क्या है
अपनी आत्मा के सिवा
सिर्फ एक सड़क
और किनारे राख पर सोए कुत्ते
और सँवलाई चाँदनी में बुत बने पेड़
और हवा और ठंड

वह भिखारी था
ज़माने की आँखों में

फटेहाल
अपंग
बेघरबार
अकेला
तिरस्कृत
फिर भी जीने की इच्छा!
संघर्ष कर रहा था वह
बूढ़ा
लाचार
बेजार आदमी
जिसकी दुनिया
कूड़े के ढेर पर फेंक दी गई

वह जाड़े की रात थी जिसके
भीतर सिमटी हुई खामोशी में
एक हलचल थी
जिसे मैं साफ-साफ महसूस कर रहा था

(1991)

वह अकेला आदमी

(टी.पी. पोद्दार के लिए)

अपने पीछे एक चुप्पी भरे अँधेरे को
ताला लगाता और चुप चला जाता
अंदर प्रवेश करने की तैयारी में होते चूहे
रास्ता तलाशते
बाहर की धूप दीवारों को गरम कर रही होती
अंदर की हवा
ऊँघ रही होती या सो रही होती
कौन जाने?

वह अकेला आदमी
अपने घर से
हजार मील दूर
इस अजनबी शहर में
नौकरी करने आया
उसके साथ नहीं आई उसकी जीवंतता
उसकी ताजगी
वह एक बैंक का कारकून
डेबिट-क्रेडिट के सरल गणित को
सुलझाता
सुबह से शाम तक
पर अपने जीवन के गणित में

उलझा रह जाता
लौटता
घिर चुकी रात के कुछ पहले
पैदल
खोलता ताला
और चुप्पी भरे अँधेरे का
हमबिस्तर हो जाता
फिर आधी रात को जगता
बत्ती जलाता
लिखता एक खत माँ को—
स्वस्थ हूँ। कुशल हूँ।

(1991)

तुम्हें मैं प्यार करता हूँ

मेरे एहसास के भीतर
जनम लेता हुआ पौधा
तुम्हारे सामने आता अगर बाहर
कहता तुम्हें मैं सच
कि तुमसे प्यार करता हूँ
तुम्हारे ही लिए मैं जी रहा हूँ
बहुत ही तीव्र इच्छा से भरा हूँ
तुम्हारी ज़िंदगी के तेज अक्सों को
दो नन्हे मगर सुंदर
आँखों में लिये बस फिर रहा हूँ
मेरी जिंदगी ये है
कि बेबस है
कि कहना चाहकर भी मूक रहती है
मेरे एहसास के भीतर
जनम लेता हुआ पौधा
रह जाता है भीतर ही
करकता
रात-दिन
पल-पल

बहुत ही पास से
कविता को रचती चाँदनी
है ग़ायब रातों से

अँधेरे का अजब चेहरा
अजब लिबास मटमैला
मेरे विकास को कितना
अब भी कुंद करता है
मेरी रुझान को तुमसे
बहुत ही दूर करता है

कहीं बिखरा हुआ खुद में
निरंतर चल रहा फिर भी
हजारों मील दूरी तय करेगी चाह
ऐसी राह
जिस पर सिर्फ गड्ढे और खाई और खंदक हैं
हमारी आत्मा फिर भी जीवित है
वह नहीं
किसी पिशाच के हाथों में बंधक है
कितनी दूर तक सुनसान होगी रात
कितनी दूर तक दहशत के खम्भों में
टँगे होंगे कई कंकाल!

करोड़ों सूर्य की ताकत
भरी कविता
मैं रच सकूँ
मैं कर सकूँ
सबको सुखी-संपन्न
जन की चेतना में
भर सकूँ
एहसास के भीतर
जनम लेता हुआ पौधा
जो हमारे कद को ऊँचा कर सके
ऊँचे दरख्तों-सा!

तुम्हें मैं प्यार करता हूँ

मैं यह स्वीकार करता हूँ
इसी से ख़ौफ़ खाता फिर रहा हूँ
इस अँधेरे के हजारों हाथ वाली
विकट-सी इस देह से बचता
तुम्हारे ही लिये मैं जी रहा हूँ

तुम्हें मैं प्यार करता हूँ
मेरे एहसास के भीतर
जनम लेता हुआ पौधा
निरंतर बढ़ रहा है
निरंतर कर रहा है
यह मुझे भीषण!

(1982)

पत्नी के लिए
(तीन कविताएँ)

एक

तुम आग के कितनी करीब हो
आँच में तपता
तुम्हारा ताँबई चेहरा
दप-दप कर रहा है

मैं तुम्हें रोटी सेंकते देखता हूँ
और ललाट पर
छलछलाती पसीने की बूँदें
इन बूँदों को
तुम रोज परोसती हो
इसी से
प्यार से
बँधा है जीवन

दो

कपड़े धोती
खाना बनाती
कमरों को चमकाती
बच्चों के पीछे पागल
तुम सिर्फ पत्नी नहीं हो
पूरा-का-पूरा घर हो
जहाँ मेरा अर्थ खुलता है

मेरा ठौर वहीं है
आगे-पीछे बहुत कुछ है
पर अनुराग से बँधा जीवन ही
थामता है
और दुनिया के बीच
मुझे धरता है

तीन

दो प्यारे और भोले और निश्छल
बच्चों के बीच
सोयी हुई है
गहरी नींद में
मेरे बेटों की माँ
मध्यरात्रि में
मैं उसके पास नहीं जाता
उसे नहीं जगाता
बस देखता भर हूँ
और एक मौन स्मिति
होंठों पर खिल उठती है

यह वही तो है जो दिन भर
फिरकी की तरह
बच्चों के साथ
घर-गृहस्थी में नाचती रहती है
मुझे भी बच्चे की तरह पालती है

दिन भर चैन से न बैठने वाली
कितनी शांत और गहरी नींद में है
एक मिठास लिये
मेरा मन होता है
रात भर जागकर
उसे इसी मुद्रा में
देखता रहूँ

(1990)

वह लड़की

पूरी रात जागकर
मैं जिसके सपने देखता था
जिसके पास होने को हर वक्त महसूस करता था
जिसकी एक हल्की मुस्कान मेरे भीतर हलचल पैदा कर देती थी
जिसे दूर से बस देखता था और कहता कभी कुछ नहीं था
यह उस समय की बात है जिसके बीस वर्ष बीत गए
आज वह लड़की अपने दो बच्चों के साथ दिखी
वह मुझे पहचानती नहीं थी
फिर भी मैंने पहचाना
और पुरानी स्मृतियों को याद कर मुस्कुराया
आज न वे बातें हैं
न वे नींद जागी रातें हैं
न वे सपने हैं, न वे भाव हैं
और दो बच्चों के साथ वह लड़की
वह लड़की नहीं एक ढली हुई औरत है
जिसे पास पाकर कुछ भी नहीं होता
न दर्द, न टीस
न चाहत, न उद्वेग
आज वह सिर्फ एक औरत है
चलती-फिरती अनेक दृश्यों के बीच

(1994)

उस आदमी से प्यार करता हूँ

मैं उस आदमी से प्यार करता हूँ
बहुत गहरे उतर कर चाहता हूँ
जिसके मित्र विरल हैं
शत्रुओं से घिरा हर पल
साधना में रत
तपता हुआ
स्वर-संधान करता है
निंदकों को पास रखता है
चाहता है अनवरत
एक अनगढ़ राह पर चलना
सोचता है
प्यार के वीरान उपवन में
फूल बन खिलना
वेदना के सरोवर में
कमल-सा रहना
मैं उस आदमी को प्यार करता हूँ

(1996)

जो बहुत मामूली है

जो बहुत मामूली है
उसको रोक कर
पूछता हूँ—
सादगी से भरा जीवन
कहाँ से पाकर
जीते आ रहे हो?
जटिलता से भरे इस संसार में
सरलता का
मर्म कैसे सुरक्षित है?
वह
कुछ नहीं कहता
न ऐसे प्रश्न में
है कोई भी उसकी अभिरुचि
और अपने काम में
खोया हुआ वह
सोचता भी नहीं मेरे प्रश्न पर
मैंने कितने ही
उसके चित्र आँके
सहजता के उसके तार पर
संगीत के कितने धुन बाँधे
उसके जीवन में उतर कर
सदियों से
रचनाएँ लिखता आ रहा हूँ
उसे विशिष्ट करने की ललक ने
मेरे कलाकार को एक दृष्टि दी

सरलता के सौंदय का जादू
बाँधता है हर कलाकार को
फिर भी वह मामूली
सभ्यता के हाशिये पर
पड़ा एक उच्छिस्ट!
राजनीति उसी हेतु संचरण करती
दार्शनिक उसी हेतु चिंतन में खोते
विज्ञानकर्ता नित नये संधान करते
किंतु इनका लाभ लेता विशिष्ट जन
और हम मध्यस्थ लोग
देखते हैं और देखे हुए को
अभिव्यक्त करते हैं
पुरस्कार पाते हैं
धन्य होते हैं
यशरूपी शरीर को
इस धरा-धाम पर छोड़ जाते हैं
और वह मामूली आदमी
उन मामूली कामों में खोया हुआ है
सदियों से
पूरी दुनिया से बेखबर
जिन पर
दुनिया खड़ी है

(1996)

काशी

पत्थरों से बनी गलियाँ
गलियाँ-दर-गलियाँ
घुमावदार
पेंचदार
कहाँ ले जाएँगी?
पर जहाँ भी ले जाएँगी
कीचड़ नहीं मिलेगा
वहाँ भी पत्थर का बना होगा—
कोई मंदिर

यह शहर पत्थरों का है
—कह सकते हो
पर कह सकना क्या
है तो है
और नहीं है तो यह
कि यह शहर
उस दिशा में जाता है
जहाँ पेड़ नहीं हैं
न है गीली मिट्टी
न खेतों की हरियाली

इस शहर से होकर गंगा गुजरती है
पर इसके पानी में लाशें तिरती हैं
नहीं-नहीं
यह लाशों का शहर नहीं

मनुष्यों का शहर है
आदिम युग से
अब तक के
मनुष्य मिलेंगे यहाँ
बरसों-बरस पुरानी इमारतें
और तपस्वियों-मनीषियों की यादें
कबीर-तुलसी की यादें
भारतेंदु, प्रेमचंद और प्रसाद की यादें
रामचंद्र शुक्ल, हजारी प्रसाद और नामवर की यादें
शिवप्रसाद गुप्त और मालवीय की यादें
अनेक संगीतकार और चित्रकारों की यादें
यादें, यादें, यादें!!!
यादों में डूबा हुआ शहर!
शंकर के त्रिशूल पर टिका हुआ शहर!
इतिहास की बैसाखी पर
चलता हुआ शहर!

यह शहर
न हिलता-डुलता है
न कहीं आता-जाता है
पत्थर की मूर्ति की तरह
एक ही जगह
एक पैर पर खड़ा
पूजित हो रहा है
सदियों से

(1986)

साथ

अच्छा या बुरा
जो भी हो
साथ
साथ तो है
इस तरह ही
चलती है जिंदगी
कभी दर्रों
घाटियों में उतरते हैं
कभी पहुँचते हैं
दुर्गम पर्वत की चोटी पर
कभी मिलती हैं
दीमकों या चीटों की बांबियाँ
कभी शहद के छत्ते
कभी रास्ते में
खड़े मिलते हैं
दुर्दांत हत्यारे
कभी मसीह
घने अंधकार में
आर्तनाद करते लोग
उजाले में बच्चों की
किलकती हँसी

अच्छे या बुरे
होते हैं साथ
पर वे हाथ नहीं होते

वे आँखें भी नहीं होते
वे बस होते हैं साथ
वे कभी हमारे
आगे चलते हैं
कभी पीछे
वे स्वप्न में भी
करते रहते हैं पीछा
मरने के बाद भी
रहते हैं साथ

वे न पूरी तरह
दृश्य होते हैं
न अदृश्य
वे बस
होते हैं साथ
इसी तरह चलती है जिंदगी
और जिनके साथ
अच्छा या बुरा
कुछ नहीं होता
उनका कुछ भी नहीं होता

(1991)

जब आदमी...

जब आदमी ऊपर उठता है ऊँचा
उठता ही जाता है ऊँचा
बड़ा नहीं होता
होता जाता है बौना
लोग भले आकाश की बुलंदियों पर
उसे देख आश्चर्य करें
उसके कसीदे लिखें
घटते जाते हैं उसके मानवीय सरोकर
किसी से दो क्षण
आराम से बातें वह नहीं कर सकता
वह अपने धन का विस्तार करता जाता
अपने धंधों को देश-देश में फैलाता
अपनी प्रभुता को असीम करता जाता
जब आदमी ऊपर उठता है
उठता ही जाता है ऊँचा
वह धरती का नहीं रह जाता
धरती का वह जो
ऊँचा उठने की ललक नहीं पालता
ऊँचा उठ कर गर्दो-गुब्बार नहीं फैलाता
वह अपने कद को
अपनी तेजस्विता को
अपने संघर्ष को

अपने अपनत्व को
साधारण में विलीन करता है
उसमें और कुछ नहीं होता
सच की आँखों के सिवा
वह ऊपर नहीं उठता
दुनिया में रहकर
दुनिया को विस्तार देता है

(1994)

पर्यटन-वर्ष

हम नहीं जाएँगे
नहीं जाएँगे अब
बार-बार
हम नहीं जाएँगे

हम पहली बार गए
तो एक स्वच्छ तालाब में
डूबा चमकता चाँद था
जिसे हम ठीक-ठीक देख तो सकते थे
देख कर खुश तो हो सकते थे

फिर गए तो तालाब में
गँदला पानी था
जिससे हम अपना मुँह भी
नहीं धो सकते थे
फिर गए तो वहाँ पानी भी नहीं था
सिर्फ कीचड़ में लथपथ
कुछ कछुए और मेंढक और केंकड़े
अपना घर तलाश रहे थे
और अब वह
एक बड़ा शौचालय हो गया है

हम नहीं जाएँगे
नहीं जाएँगे अब
पर किस तरह पूरा वर्ष
पर्यटन-वर्ष मनाएँगे?

(1991)

फूलों के देश में

रहती थी एक परी फूलों के देश में। सात समंदर
पार का एक राक्षस उठा ले गया एक बार और
देश के फूल उदास हो गए।
बचपन में माँ सुनाती थी कहानी। सपने में कौंधता है
बचपन। जब-तब। बचपन में वह कहानी कौंधती है
जब-तब।
फूल उदास हैं अब भी। देश उदास है। आदमी उदास है।
सब कुछ उदास है सपने में। सपने के बाहर मैं उदास हूँ।
खुशी किसने छीन ली है?
मन में कौंधता है राक्षस। उसके पंजों में रोती है परी।
मैं अनवरत अपनी उदासी के खिलाफ लड़ रहा हूँ।
लड़ रहा हूँ राक्षस के खिलाफ। परी की मुक्ति मेरे लिए फूलों की
हँसी है। मेरी मुक्ति है।

(1981)

सभ्यता

एक अंधी दौड़ में शामिल
तिलस्मी खोहों में भटकता हुआ
वह सवाल करता है–
मैं कहाँ हूँ?

फिर कई हिस्सों में टूट जाता है
हर खण्ड आईना है
जिसकी गूँगी परछाई
अपने कपड़ों को धीरे-धीरे खोलती है
और बहुत कुछ बोलने का अभिनय करती है
फिर भी कुछ कह नहीं पाती
मैं एक गाँव से आकर
एक शहर हो गया हूँ
फिर देश
और उसकी आकृति से डरता हूँ
फिर चिल्लाता हूँ–
आजादी!
मेरी परछाई मुझसे भागती है
मैं उसके तिलस्म को तोड़ने में
अनवरत संघर्षरत
वह मुझे तोड़ने की कोशिश में
मैं फिर गाँव होना चाहता हूँ
उसकी अंधी दौड़ में
शामिल हुए बग़ैर!

(1981)

उसने देखा

ख़ामोश और शक़ की निगाहों से
घूरता हुआ खुद को
टहलता हुआ अपने ही अंदर
दुर्गंध मारते जूतों में रखे
अपनी आत्मा के पाँव
साँसों को फूलने से बचाता हुआ
टटोलता हुआ अँधेरे का आकाश
उसने सोचा—
बंद कर दूँ यह सब
अपनी ख़ामोशी को तोड़ूँ
अपने को शक़ की निगाहों से देखना छोड़ूँ
सिर्फ चढ़ूँ
सिर्फ चढ़ूँ
सिर्फ चढ़ूँ
अपने ही आइने में चमकता हुआ
बमकता हुआ अपने ही शब्दों में
अपनी ही हथेली में लिये हुए
सूरज की ताकत से भरी कविता का आकाश
उसने देखा—
पिघल रही है बर्फ़
पिघल रहा है विवशता का बोध

(1981)

पर नहीं

वे हमसे घृणा करते हैं मेरे भाई
क्योंकि हम भी चाहते हैं
उनकी ही तरह जीना
एक भरपूर जीवन

उनका वश नहीं चलता
नहीं तो
वे हवा को हमारी ओर
बहने नहीं देते
पर हवा बहती है
क्योंकि हवा
पहचानती है
आदमी और पेड़ और चिड़िया
हवा का प्यार
पेड़ और चिड़िया की तरह ही
आदमी से है
पर आदमी
हवा के सुखद प्रवाह में
कहाँ झूम पाता है पेड़ की तरह
कहाँ चहक पाता है
चिड़िया की तरह
आदमी
प्रकृति में विचरण कर

कहाँ देख पाता है
प्रकृति का सौंदर्य

यह प्रकृति भी उनके लिए क्यों है भाई!
क्यों है इतना अँधेरा यहाँ
क्यों है उनके लिए दिन सोने का हिरण
और हमारे लिए बुझा-बुझा-सा

यह हमारे हार का दिन
है मेरे भाई!
पर नहीं संघर्ष का दिन
मर गया है
पर नहीं आवाज पर ताला लगा है
पर नहीं आक्रोश अपना थम गया है

(1980)

सूर्य

चिड़ियों ने चहचहाकर
फूलों ने मुस्कुरा कर
ओस की बूँदों ने
स्वर्णिम आभा से चमक कर
हर रोज तुम्हारी अगुवानी की
पर मैं क्यों नहीं कर पाया?
पूरा वर्ष उदास रहा और आभाहीन
अपने ही अँधेरे में दुबका हुआ
बाहर के उथल-पुथल
और शोर-शराबों को सुनता रहा
दुखी होता रहा और रोता रहा
बाहर निकलने से घबराता रहा
अब नये वर्ष में
नयी आकांक्षा और आशा और उत्साह के साथ
तुम्हारा स्वागत करते हुए भी
मेरा हृदय
आशंकाओं का द्वीप बना हुआ है

(1991)

क्षितिज के नेह का हूँ अंश

पीले वस्त्रों में है मणि-कांत
स्वर्णिम वह
रक्तिम अधर
चुपके से आकर
मुझे जगा जाती है
खोलता हूँ आँखें
गहन अंधकार से
आता हूँ बाहर
मंद-मदिर पवन के साथ
हिलते पत्ते
एक काव्यात्मक लय में
चिड़ियों का कल-कूजन
और थिरकती हुई देह
क्षितिज के नेह का हूँ अंश
पर बहुत थोड़ा
दे पाता हूँ
फिर भी
कहाँ रह पाता है संचित
आज पूर्वाकाश ने
प्रकट कर दिया है
वह रहस्य
जिसके अस्तित्व से
अनभिज्ञ था

(1991)

खड़े थे और...

मैं खड़ा रहा देर तक
उसके बोलने की प्रतीक्षा करता रहा
पर वह मौन रहा
इस तरह मैं भी मौन रहा
और बरसों मौन रहा
एक ही जगह खड़ा रहा
फिर उसने बोलने की कोशिश की
तो मैंने भी बोलने की कोशिश की
पर हम दोनों बोलना भूल चुके थे
और वहीं के वहीं खड़े थे
खड़े थे और यह भी भूल चुके थे
कि जाना कहाँ है?

(1990)

किस्सा क्या है?

किस्सा क्या है?
रेलमपेल भीड़ में घुसता हूँ
तरह-तरह के लोग
तरह-तरह की बातें
किस्सा क्या है?
पूछता हूँ बगलगीर से
वह मेरे प्रश्न पर
प्रश्नवाचक दृष्टि से घूरता है
किस्सा क्या है?
वह भी जानना चाहता है
मैं अपने कश्मीर की ओर कभी देखता हूँ
कभी पंजाब
कभी अयोध्या
और कभी बिहार का जहानाबाद
किस्सा है भी और नहीं भी
देश है भी और नहीं भी
फिर भी लोग हैं कि
अपने घर में रहते हुए
अपना ही घर जला रहे हैं
और इस क्रम में
खुद से दूर जा रहे हैं

(1991)

यह सिलसिला है

यह सिलसिला है
जो कहीं टूटता नहीं!
आदिम अँधेरे के गर्त से निकाल
डायनासोर की अस्थियों में
मांस-मज्जा-रक्त से सज्जित कर
प्राण फूँका जा रहा है
खूँखार ड्रैगन को मानवीय व्यवस्था में
प्रतिष्ठापित करने का प्रयास जारी है
शुद्ध रक्त का उन्माद डभक रहा है
कोशिश है और कोशिश जारी है
एक आदिम सिलसिला है जो कभी टूटता नहीं

हिंसा की अग्नि प्रज्ज्वलित है
नरमेध-यज्ञ का विराट आयोजन!
और उसका तर्क
जोरदार शब्दों में
संसद में दिया जा रहा है
पाशविकता और धर्मान्धता का एक नाम
उग्र राष्ट्रीयता है

धुंध है हवा में
और बारूदी गंध
सन्नाटा भरे वातावरण में

सिर्फ एक
हिटलर का प्रेत
अट्टाहस कर रहा है

धन का मायालोक
हमें अपने कमरे के
सुगंधित, सम्मोहित दुनिया से
बाहर नहीं जाने देता
और बाहर जो भी है
वीभत्स होता जा रहा है

(1993)

पचास साल से

खींचते हुए इस गाड़ी को
छिल गए हैं कंधे
रिस रहा है खून
खून से लथपथ शरीर
पैरों के तलवे में चुभे हुए असंख्य काँटे
दिशाएँ फिर भी काली हैं
आगे खाई है
ऊपर से आगे बढ़ने की
चाबुक की झटकार है

(1997)

उपलब्धियाँ

पाना मुश्किल है
बेहद मुश्किल
अचानक
चलते रास्ते में
पड़ी नहीं मिल जातीं
उपलब्धियाँ
एक लंबे समय का
इंतजार करती हैं

कितना खून
जलता है
और बहता है
कितनी रातें
दिन की तरह
आँखों में कटतीं
कितनी दूरी
कँटीले रास्ते
नंगे कदमों तय करते

पाना पाना है
उपलब्धियाँ
यूँ ही गले नहीं लगातीं
साधना

एक अनवरत साधना
और पाकर
छोड़ देना
बहुत साहस
बहुत जोखिम चाहिए
बेहद मुश्किल है छोड़ देना
पाना मुश्किल है
और पाकर छोड़ देना
उससे भी मुश्किल
उससे भी बड़ी उपलब्धि

(1992)

सॉनेट

बहुत-बहुत पीछे कोई तो खींच रहा है।
बहुत-बहुत आगे कोई पर मुझे बुलाता।
आगे बढ़ने की चाहत, पर बढ़ता पाता
नहीं। नहीं पीछे ही जाता। सींच रहा है
कौन हृदय को? बीच पड़ा हूँ चौराहे पर।
सोच रहा हूँ, इतना जीवन व्यर्थ बिताया!
जो गाने थे गीत जिंदगी के गा पाया?
नहीं। और फिर सोच रहा हूँ चौराहे पर।
आगे-पीछे कहीं नहीं जा पाने का दुख
साल रहा है। इसीलिए मैं मुड़ जाता हूँ।
एक अलग रस्ते पर चलकर भर जाता हूँ
नये-नये अनुभव, जीवन जी पाने का सुख
पाता हूँ। गाता हूँ। हँसता हूँ मैं जाता।
इसी तरह ही चलने की उष्मा हूँ पाता।

(1990)

एक अतुकांत सॉनेट

जीवन को समझौते की दलदल में रखकर
जीने से इनकार रहा है। इससे क्योंकर
दुखी हुए हैं मेरे भाई! आँच हृदय की
धधक रही है। नहीं बुझेगी तब तक, जब तक
लोगों को सुख की चादर में सोया पाकर
उनके सुख से तृप्त नहीं हो जाऊँ जी भर।
रात-रात भर, जाग-जाग कर सपनों में मैं
भारत की तस्वीर बनाता हूँ जिसमें वह
सैनिक है। लड़ने खातिर तैयार हो रहा।
समझ रहा है चीजों को उनकी हालत में।
गुजर रहा है लोगों की पीड़ा से होता।
ऐसे में कैसे बोलो समझौता कर लूँ
उन्हीं ताकतों से जिनकी सूरत से घृणा
भभक रही है। भभक रही है। भभक रही है।

(1982)

सुख क्या है?

चुराते हैं प्रेमी दिल और मन
कवि चुराते हैं भाव और विचार
वैज्ञानिक चुराते हैं सूत्र और प्रयोग
बनिये चुराते हैं एक-एक दमड़ी
पंडित चुराते हैं कितने ही श्लोक
नेता चुराते हैं गांधी की टोपी
चोरों के लिए क्या बचा था जो चुराते
सिर्फ चुराते जीने भर रोटी
और उन्हें जेलों में बंद कर दिया जाता
बाकी चोर जेलों के बाहर होते
कोई अभियोग नहीं लगता
कानून उनकी सुरक्षा करता

(मैंने एक आरक्षी-अधीक्षक को
सुनाया यह सब
वह मुस्कुराया सुनते हुए
फिर हँसा ठठाकर—
मेरे बकवास पर!
मैंने बात बदली
और एक कहानी सुनाकर
चोरी को एक नया आयाम दिया।)

एक आदमी जबसे आदमी बना
दिन-रात भटकता सुख चुराने

पहले उसने धन चुराया,
सुख नहीं मिला
प्रभुता और गरिमा चुराई
सुख नहीं मिला
घर-परिवार में खपाया
सुख नहीं मिला
मंदिरों में गया
सुख नहीं मिला
सब कुछ चुराया
सुख नहीं मिला
और बगैर सुख पाए चल बसा
अब वह पूरी दुनिया में भटक रहा है
थोड़ा सुख चुराने
ऐसा वह चोर!

(मैंने आरक्षी-अधीक्षक से पूछा—
आपने देखा है ऐसा चोर!
वे बहुत देर तक मौन रहे
फिर पूछा— सुख क्या है?)

सुख क्या है?
मन का परितोष
तन की परितृप्ति
दुनिया भर की उपलब्धि
दुखों से मुक्ति
ज्ञान का विस्तार
मोक्ष का विचार
जी भर कर खाना
पसर कर सोना
जी खोल कर हँसना
सिसक कर रोना
सुख क्या है?

ऐ तरह-तरह के चोरो
चुरा लो, चुरा लो
थोड़ा सुख
थोड़ी ज़िंदगी
चुरा सकते हो तो
या उस आदमी को
जो दिन-रात दुनिया भर में भटक रहा है
उसे सुख चुराने का
गुर बता दो

(1994)

पाकर सँजोने में

और वह हो गया
बरसों सँजो रक्खा था
वह खो गया
तिल-तिल गला दिया खुद को
न छक कर खाया-पिया-आराम किया
न जी भरकर अपनी की
सँजोए रहा उसे
रात-रात भर जागकर रखवाली की
सुबह उठकर उसकी ही अर्चना की
खो जाने के डर से बाहर भी नहीं गया
अपने-आप में रहा
और वह हो गया
जिसके लिए ज़िंदगी बरबाद की
वह खो गया

वह खो गया
अब निश्चिंत हूँ
जी भरकर खाता सोता हूँ
दूर-दूर घूमता हूँ
दिमाग के ऊपर भूत जो सवार था
न जाने कहाँ चला गया
न उलझन, न भय

चैन से रहता हूँ
सोचता हूँ
सँजो कर रखने में
हम कितना तहस-नहस कर डालते हैं
खुद को ही
खोना ही जीवन का वरदान है
और पाने
पाकर सँजोने में
पूरी दुनिया हलकान है

(1995)

होना, नहीं होना

रोज सुबह निकलना घर से
दोस्तों से मिलना
होटलों में
एक कप चाय पर
चार घंटे
हेगेल, मार्क्स
सार्त्र, कामू, काफ्का
रामचंद्र शुक्ल और निराला
रामविलास शर्मा और अज्ञेय
नामवर सिंह और नागार्जुन
बातें बातें बातें
बातों की एक अनवरत यात्रा
कभी झील के किनारे बैठना
नहाना ललाती साँझ और लहरों में
और चिड़ियों के कूजन में
इसी तरह बीत जाना पच्चीस की उम्र
और शुरू होना
एक अदद नौकरी की तलाश
कहीं बैंक में कारकून होना
होना एक बीबी और दो बच्चे
और गृहस्थी का ढेर सारा जंजाल
और इसी तरह बीत जाना साठ की उम्र
फिर शुरू होना एक प्रतीक्षा का
मृत्यु के पास खुद को खींचता हुआ पाना
यह कहाँ जा रहा है हमारा समाज

यह कैसी यात्रा है
निष्कर्षहीन
दायित्वहीन
व्यर्थ
इसके ऊपर भी जीवन है
नीचे भी जीवन
आगे भी जीवन
पीछे भी जीवन
सौंदर्य जीवन का चुक जाना
स्वाद न आना जीने का
बीते हुए समय पर आँसू बहाना
जीवन को आगे बढ़ाने के लिए
कंधा न देना
न सोचना
होना, शुरू होना ऐसे जीवन का
क्या है
जहाँ होना, नहीं होना

(1985)

चिड़िया

एक परी आई थी रात
परी बहुत मासूम थी
सुफेद कपड़ों में कितनी सुफेद थी परी!
आँखों में तैरता था एक जादुई महल
महल में कैद थी एक चिड़िया
परी धीरे-धीरे एक जंगल होकर मेरे चारों ओर फैल गई
चिड़िया फुदकने लगी
चिड़िया पहाड़ों की ऊँचाइयों को भी करने लगी बौना
जंगल में चिड़िया
जंगल से बाहर थी चिड़िया
लोगों के अंदर थी चिड़िया
लोगों की पकड़ से बाहर थी चिड़िया
चिड़िया जाड़े में धूप थी
गर्मी में वर्षा थी चिड़िया
और आदमी सूरज की प्रतीक्षा के लिए
चिड़िया की ओर टकटकी लगाता
रात आई थी एक परी
कविता के रंग न जाने कब भर दिए उसने मेरे अंदर?

(1980)

कबंध

हज़ारों मील दूर से बढ़ा आ रहा है एक अदृश्य पंजा
उसने पहले लैटिन अमेरिका को दबोचा
खाड़ी देशों को अपनी गिरफ्त में ले चुका है
अब हम तक भी पहुँचना ही चाहता है

कौन है जो उसकी आँखों में आँखें डाल सके
कर सके मुकाबला
कौन है जो इस कबंध के हाथों को काट सके?

उसका है एक विशाल उदर
और असंख्य लंबे हाथ
वह दबोचता है दुनिया के कमजोरों को
और उदरस्थ कर लेता है
वह कबंध का आधुनिक अवतार है

जहाँ-जहाँ पहुँचता है उसका पंजा
उसके पहले
उसके साँसों की बारूदी दुर्गंध पहुँचती है
उसके इरादों की थाह पाना मुश्किल है
दुनिया के मज़हबी जुनून में डूबे लोगों के लिए
वह भक्षक
रक्षक है

क्या तुमने कभी सोचा है
जब छीन ली जाएगी तुम्हारे निवाले की रोटी
और गली के कुत्तों की तरह
रह जाएगी तुम्हारी स्वाधीनता

(1992)

इंद्र दुखी हैं

इंद्र दुखी हैं
चिंतित रहते हैं निरंतर
कहते हैं स्वर्ग में सुख है
आनंद है
ऐश्वर्य है
शाश्वत है सब कुछ
फिर क्यों
आशंकाओं से घिरे रहते इंद्र हर पल?
कोई व्यक्तित्व का उठान होता
कहीं से कोई लहर आती
उन्हें रात भर नींद नहीं आती
सिंहासन हिलने लगता
अप्सराओं का सौंदर्य मन को राहत नहीं देता
सत्ता का मद कोई नशा पैदा नहीं करता
वह युग भी नहीं रहा
उनका पूजा-अर्चन भी नहीं रहा
कोई विष्णु, कोई महादेव भी बचाने को नहीं रहा
सब सुखों के बीच
इंद्र दुखी हैं
आशंकाओं से ग्रस्त
अब देवता नहीं रहे वे
सिर्फ राजा हैं
और ऐसे राजा

कि उनके एक चुंबन लेने की अनुगूँज
पूरे विश्व में सुनाई पड़ती है
और उनकी गद्दी हिल जाती है
पर इंद्र गद्दी से कैसे उतरें
और हिलती हुई गद्दी पर
सुखी कैसे रहें?
उनका देवता होना तो रहा नहीं
पर इंद्र आदमी कैसे बनें
बन नहीं सकते

(1999)

वे कौन हैं?

वे अँधेरे में हैं
रोशनी से डरते हैं
डरते हैं कि रोशनी में आकर
खुद को छुपा न सकें
देख न लें उनको
कि कितने विकृत हैं वे
कितने खूँखार हैं
कितने वहशी हैं वे
वे छुपे-आम रहकर
करवाते हैं खुले-आम दंगे
कत्ले-आम

पर कतर देने की उनकी कोशिश परिंदों की है
उजाड़ देना चाहते हैं
सब हरी बगियों को वे
डाल देना चाहते हैं
हर आदमी के बीच दीवार
अलग कर देना चाहते हैं
धरती को टुकड़ों में वे

वे नहीं आना चाहते हैं रोशनी में
कहीं कोई छायाकार उनकी तस्वीर न खींच ले
कहीं अखबारों की सुर्खियों में

न छप जाए नाम उनका
कहीं पहचान न लिये जाएँ वे
इसलिए वे किसी अँधेरे कोने में
किसी पाताल में रहते हैं
और एक बड़ी साजिश में लगे हैं

वे कौन हैं?
क्या तुम जानते हो?
कभी अँधेरे में देखने की कोशिश
तुमने की है?

(1991)

कविता

सबसे अच्छी कविता है वह
जो खुद कहती है
गहरी हताशा और मंदी के दौर में
जब
सबकुछ टूट रहा हो
बिखर रहा हो
कविता ही उबारती है
और पीठ सहलाती है
झूठ और घृणा भरे माहौल में
सच और प्रेम का
मशाल जलाती है
लड़ाई का सही रुख
जब लोग भूल रहे हों
जीवन में भटकाव को ही
संदर्भ मिल रहा हो
कविता चुपचाप आती है
और दबे स्वर
कान में
जीवन का मूल मंत्र
फूँक जाती है

(1991)

समकालीन कविता

क्यों नहीं लगती कविता सहचरी-प्रिया
क्यों नहीं बंधुत्व की शिखा जलती
आलोकित करती मन के घर-आँगन
क्यों नहीं विद्रोह पैदा होता गहरी करुणा से
क्यों नहीं यथार्थ के भीतर रागमयता की धार बहती
आप्लावित करती रस-विभोर
कुछ चालू नुस्खों
चालू मुहावरों
और शब्दों के क्रीड़ा-भाव से
उपजी कविता
समकालीनता की मुहर खुद पर लगवा लेती है
और कवि
अपने आस-पास के माहौल में
पसर कर बैठ जाता है
और बैठा रहता है
कोई नहीं पूछता कि ऐसा क्यों है?

(1991)

पथिक

रात-रात भर
बदरा रोये
मन को भिंगोये
भर गया तन का
पोरम-पोर

बिजली चमके
राह में थमके
खोज रहे हो अपनी छोर

कहाँ है जाना
कहाँ से आना
किससे बँधी है डोर

चलना-चलना
ज़रा न डरना
आएगी ही
कभी तो भोर

(1988)

मेरे प्यारे मित्र!

मेरे प्यारे मित्र!
तुम्हारी आँखों में
अब भी
अतीत के संगी-साथी
झिलमिल-झिलमिल
कर उठते हैं
वे तुम्हें उद्वेलित करते हैं
तुम
कभी अकेले होकर
क्यों खो जाते हो
उन यादों में
जिनका मतलब
कविता से बाहर कुछ भी नहीं
लिखने की चाहत
अब भी तुममें शेष बची
कुछ करने की
इच्छाएँ
दम भरती हैं
यह इंगित है—
तुम जिंदा हो!—
तुम जिंदा हो!—

तुम नहीं अकेले
अब भी हो
तुम भावुकता के

अतल समंदर में तिरते
निज मस्तक पर
लेकर अनुभव के
जगमग-जग मोती
कर सकते
कविता का मुख उज्ज्वल

तुम अनिल, अनल के
ज्वाल उठा सकते हो
धधका सकते अंदर-बाहर
निज सपनों को
कर सकते साकार–

मेरे प्यारे मित्र!
बहा सकते हो आँसू दूसरों पर
कर सकते खुद को न्योछावर
कुछ करने की
कर जाने की
जो चाह प्रबल
वह तुम्हें बचाए रक्खेगा
हरपल-हरपल!

(1997)

जिज्ञासा

मेरी आत्मा और देह के बीच
क्या है जो अनश्वर है?
कुछ शब्द, कुछ ध्वनियाँ
एक मन और इंद्रियाँ
भोलापन और दुष्टताएँ
सदिच्छाएँ या कुप्रवृत्तियाँ
क्या है जो अनश्वर है?
वैराग्य या मोह
भाव या अभाव
प्यार या घृणा
क्या है जो अनश्वर है?
हमारे भीतर पलती है जिज्ञासा
वह हमें दूर तक ले जाती है
वह हमें जटिलताओं से जूझना सिखाती है
समस्याएँ सुलझाती है
और जब
सब कुछ शांत होता है
तब भी पलती रहती है जिज्ञासा

(1994)

वह नन्हा हरा पौधा

उमस और घटाटोप बदली में
लगातार जगेगी प्यास
बरसेगा नहीं आसमान
लगी रहेगी झूठी आस
धीरे-धीरे घिर आएगा अंधकार
और बिजली भी हो जाएगी गुल
दोस्त-परिचित सब बंद होंगे
अपने ही घरों में
कोई न आएगा पास
मैं भी न हो पाऊँगा उनके साथ
भीतर जगेंगी अनेक कविताओं की आकृतियाँ
फिर उनका दम घुट जाएगा
फिर पैदा होगा उद्वेलन
फिर छट-पट करती आत्मा
आएगी बाहर
फिर भी न होगी रोशनी
उमस में पसीना-पसीना होंगे हौसले
पस्त हो जाएगी तेजस्विता
टूट जाएगी भरोसे की दीवार
हताशा के इस दौर में
कुछ भी बचा नहीं रहेगा साबुत
फिर भी नज़र के सामने होगा
वह हरा, नन्हा पौधा
जो उमस और अँधेरे में भी
मेरी उम्मीद का हाथ थामेगा

(1997)

हाथी की तरह खड़े थे

आए थे वे
हाथ हिलाते
धावते
हिनहिनाते
उनकी आँखों की रंगत में क्या कुछ था
कितनी हरियाली थी
उनके पसीने की खुशबू में
कैसा जादू था

वे घोड़े की तरह आए थे
पर यह क्या हुआ कि
हाथी की तरह खड़े हो गए
सूँड में धूल भरी थी

यह आजादी की
पचासवीं सालगिरह थी
हम उनकी लीला के
आर-पार नहीं देख सकते थे
देवता नहीं थे वे
न दानव
मानव नहीं थे
न महामानव
वे सिर्फ अगुआ थे
पर भकुवाए हुए थे
हाथी की तरह खड़े थे

धूल उड़ा रहे थे

उनकी घोड़े वाली तेजी कहाँ गई?
रुके हुए थे
और झुके हुए थे

इस देश में
कहीं भूकंप हो रहा था
कहीं भूस्खलन
कहीं सूखे में लोग
पानी-पानी चिल्ला रहे थे
कहीं खेत-खलिहान,
बाग-बगीचे,
घर-द्वार
सब पानी में डूबे थे
लोग भूख और बीमारी से मर रहे थे
कहीं आतंकवादियों के द्वारा
भूने जा रहे थे
सिर्फ भ्रष्टाचारियों की पौ-बारह थी
लोग थे और महँगाई की मार से
किंकिया रहे थे
अजीब था माहौल

संसद में आलू और प्याज पर बहस हो रहा था
लालू और चालू
बंदर और भालू
उछल-कूद और चिल्ल-पों कर रहे थे
कौओं की काँव-काँव में
देश की समस्याएँ हल हो रही थीं
और वे
हाथी की तरह खड़े थे
धूल उड़ाते
दो कदम आगे जाते
दो कदम पीछे आते

(1997)

अलविदा और सलाम

अलविदा!
मेरे देश की महान् गौरवशाली परंपरा
सुख-समृद्धि
मान-सम्मान
नैतिकता-सच्चाई
प्यार-सौहार्द्र-ईमानदारी
अलविदा!

अलविदा बुद्ध
अलविदा कबीर
अलविदा गांधी

अलविदा साहस
अलविदा शौर्य
अलविदा देशभक्ति
अलविदा बंधुत्व

बढ़ती आबादी
बढ़ती बेरोजगारी
भूख-विपन्नता-महामारी
सलाम!

भ्रष्टाचार-पतनशीलता
लूट-बलात्कार
दंगे-मारकाट
अन्याय-अनाचार

पाप-दुराचार
भोग-वासना
स्वार्थ की साधना
सलाम!

हे भूमण्डलीकरण
हे डंकन-गैट
हे बहुराष्ट्रीय कंपनियाँ
हे नव साम्राज्यवाद
हे आतंकवाद
हे परमाणु बम
हे हिरोशिमा-नागासाकी
हे अमेरिका, हे ब्रिटेन
हे डॉलर, हे पॉण्ड
सलाम

हे दल
दल में दल
दल-दल
हे भ्रष्टतंत्र के छल
हे चोरों की बारात
चारों ओर काली रात
सलाम!

(1999)